KB212895

3

Yancha Gal no Anjousan

짓궂은 안죠양

카토 유이치

Yuichi kato Presents.

Contents

Yancha Gal no
Anjousan
Yuichi Kato Presents.

카페라테   누르세요 PUSH   누르세요 PUSH   카페라테

아이스 캐러멜라테   캐러멜라테

쪼르르르르륵

커피 나오는 곳 ↓

카페 프라페

마침 신제품을 마셔보고 싶었거든—♪

난 편의점 프라페를 좋아해.

응?

뭐?

아… 난 그런 거 마셔본 적 없어… 만드는 법도 모르고….

세토는 안 사?

휘적 휘적

내가
프라페 순결남에서
구제해줄게~

짓궂음 29 / END

크림소다
나왔습니다.

아아~~♡

그건 둘이서도 다 먹기 힘든데… 초보네♪

뭐야, 미로노와루를 각자 하나씩 시켰나?

우와, 미로노와루가 이렇게 큰 거였나!! 혼자서는 다 못 먹어!!

먹기 아까워… 먹을 거지만…

후후♪

크림 소다 나왔습니다.

역시 판다 커피 크림소다는 귀여워~~!!

그...

...

하지만...
왜지...

저기.

판다 커피의
미로노와루는
혼자 먹기엔
많다는 거
토요다라면
알고....

뭐?!
하, 하지만

날
허락도 없이
그렸으니까
미로노와루 사.

괜찮아.

끄게 뭐야?!

축제
상연물
○연극

음...

축제 상연물은
유령의 집 카페로
정해졌습니다.

○호러조
조장 세토
○카페조
조장 안죠

○유령의 집 카페 □□□□

○지역문화 발표 —

우리
호러조는
어떤
느낌으로
할지

실내
장식이나
공포 효과도
포함해서
생각해
볼게요.

전라 상태로
인체 모형 보디
페인팅을 하고
인체 설명을
하는 건 어때요?

그건
안 되지,
이누야마.
전라라니
....

여기가
실험실이고
그 아래가...

왜...
야하고
좋잖아....

세토.

이과!!
그건 호러가
아니잖아?!

저요!!

하아…

덥석 어쩌지…

하나도 정리가 안 됐어….

뜨헉

탁

우와아앗

덜커덩

아하하하.

세토. 너무 무서워하는 거 아냐~?

좀 비켜…

근데 혼자서 조사하는 거 외롭지 않아?

이왕 이렇게 된 거―

아, 안죠….

유령의 집
전율진료소

이런 데가
있었네…

몰랐구나?
기간 한정
유령의 집이야ㅡ.

게다가
커플이면
할인도 돼!

커.

요금표
♡ 어른 600엔
♡ 커플은 둘이서 1000엔
♡ 어린이 100엔

세토,
무서워?

킥킥

뭐야?

자.
얼른 들어
가자.

아니…
하지만
커플이…

쫄아서
오줌 싸면
안 된다?

드…
들어갈게.

그럴 일
없어!!

꾹

삐긱
삐긱

빙글

삐긱

가…
가까워…
그보다
가슴이…

뭔데―?!

바들

바들

물컹

짓궂은 안죠양

아하.

이런 거에
쪼는 건
어린애지이~.

부들
부들

덜덜덜
덜

…안죠.
뭐 보고
싶어?

아아.
할 수 없지.
세토는
겁쟁이
라니까~

저기…
역시
무서우니까
다른 거
보자….

101마리
고양이….

…

축제까지 앞으로

행사 관련

축제 기획 ♡ 반 대항

커플 경연 대회

정열   비련

사랑의 증명

각 반에서 뽑힌 커플이 경연!!
우승한 커플에게는 푸짐한 선물 ♡

학생회 홈페이지
QR 코드

각 반의 반장은 9월 25일까지 커플 한 쌍을 뽑아
학생회에 알려주세요.

※ 자세한 사항은 학생회 홈페이지에

지역활동관련

호치키스
박는 거
은근
중독돼 ♪

딸깍

딸깍

딸깍

다들
그렇다는 건
안죠도
그런 걸
하고 싶은
건가…?!

상상은
무슨…

무슨 상상
하는데?

근데
호러조 애들은
왜 안 도와줘?

이누야마나
치이나

별로,
난 순조룐
거든.

아,
아니야….

저기,
고마워,
안죠도
카페조
조장이라서
바쁠 텐데
이런 것까지
돕게 해서….

무…
무슨 생각을
하는 거야…,
안죠가 그런 걸
하고 싶어
하든 말든…
나랑은
관계없는데….

팡

너희 둘이
나가면 되잖아.

깜짝

언밸런스
해서
괜찮을지도.

친하
잖아.

아.
그러게.

그래도
말이야—

세토로는
못 이겨—.

아무리
경연이라고 해도
내가 안죠의
남친 역
이라니….

사귀지 않아도
규칙상으로는
문제없지만…

귀여운 걸
볼 수
있을 것
같고
말이야….

으…
음…

그래
도

근데 진짜로
시시해졌어.

안죠가 씹던 껌…
안죠가 씹던 껌…
안죠가 씹던 껌…
안죠가 씹던 껌…

바스락

움.
움
움——!!
움——!!

찰싹…

벅벅

아하하.
붙었다~

그럼
커플 대표는
우리로
정해진 건가?

넘사벽으로
우승해줄게♪

우리가
나가면

이의
없음!!

세토 껌
씹을래?

내
의견은
?!

세토를 위해서
만든 건
진짜니까 ♪

나…
날 위해서

으끙♡

기뻐…

닭튀김은
커피를
넣어서
감칠맛을
냈고

이
우엉은…

그래도
왠지

아.
경연…
때문
이구나.

도시락
같은 거
사이좋은
커플의
필수템
이잖아?

그래도

페
공들였어!

♪짠♪ ♪짠♪ ♪쩌짠 ♪

♪아이치 현민의
주제곡

♪짠♪ ♪짠♪

일어났어?!

게다가 저
꼿꼿한 자세!!

뭐야,
이 선곡은?!

진짜 부르려고?!

아이치
현민의
주제곡?!

이런 게 있었어?!

스읍

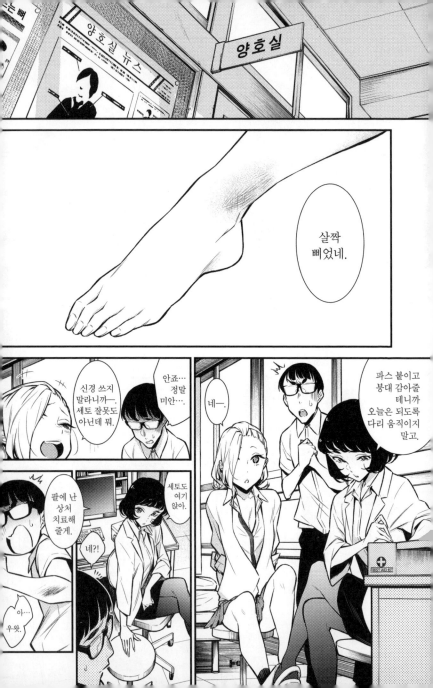

양호실

양호실 뉴스

살짝
삐었네.

파스 붙이고
붕대 감아줄
테니까
오늘은 되도록
다리 움직이지
말고.

네ー.

안죠…
정말
미안….

신경 쓰지
말라니까ー.
세토 잘못도
아닌데 뭐.

세토도
여기 앉아.

네?!

팔에 난
상처
치료해
줄게.

아…
우와.

뭐?!

업…
어…?

하아

하아

으응….

힘내, 세토.
조금만
더 가면 돼.

뭐야.
그렇게
나한테
약골 소리가
듣기 싫은
거야?

딱히
그런 거
아니….

약골이
어때서.
귀엽잖아?

또
놀리고
….

여름 방학 때
했던 트레이닝
계속해서
그런가…?

응?
아….

세토,
생각보다
힘센데?

아니…
그런
것보다

짓굿은
안쵸양

스티커?

Effects Seal

THE 傷

아 경찰?!

안죠…
근데 아직
그 복장
이야?!

아.
상처
스티커다.
벌써
파는구나?
할로윈이
코앞이니—

쓱

그건 그렇고
이누야마 자식…
이런 걸로
사람을 놀라게
하고 말이야…
소리 질렀잖아…
부끄러워…

이런 식으로
피부에 붙여서
쓰는 건데
유령
복장에다
같이 하면
재밌을 거
같지 않나?

덥석

근데
군이
이런 거
안 사도
직접
메이크업
하면
더 싸게
할 수
있어!

응?
싸게…?!

찍—!

굉장히 해선
안 될 짓을
하는 기분이다…!!

그럼 먼저
본드 들고

상처를
만들고
싶은
부위에
발라.

…뭐

쭉—…

…
근데

꼭 얼굴이
아니어도
되는 거
아냐?

더 듬뿍
발라도 돼!
그렇게
찔끔이
아니라

끈적… 부들

그렇지.
그런
느낌으로.

뭐지…

부들 부들

가위
?!

그게 마르면
가위로
상처처럼
보이게
자르고…

…응.

좋아.
그럼
다음은

붙인 휴지를
파운데
이션으로
색을 맞춰줘.

여…
여기?

다음은
휴지를
뜯어서
붙여.

아.
그래
도—

…

괜찮아.
그 가위는
안전한
거니까.

세토가
안 하면
연습하는
의미가
없잖아~

가위는
위험하지
않아?!
직접
하는 게…

축제까지 앞으로 **00**일

으.

추워.

부들부들

선생님. 갔어?

으응….

역시 이저 밤에 반팔은 좀 춥네

…

그나저나 매년 축제 때는 순찰 도는 것도 일이야….

거봐. 괜찮다고 했지?

위험 입출지금

집에 가고 싶어~♪

그… 그래도 들키면….

꿀꺽…

헤헤… 세토. 이거 재미있어졌어.

축제 전날인데 간판이…

놀랄 만큼 하얘!

뭐?! 이… 이누야마?!

일…일단 난 돌아가서 의상 만들 테니까

나머지는 세토한테 맡길게!! 그럼 간다!!

그거야 인기 있고 싶잖아!!

세토. 축제 매직이라고 들어봤냐

네가 다 돌려보냈잖아!

이누야마.

나머지는 우리한테 맡기고 돌아가!!

근데 진짜 어쩌냐… 난 아직 의상 제작도 남았는데.

근데 준비 마지막 날에 남은 사람이 둘인 건 이상하지 않냐?

그래도 돼?

털썩

감독관 선생님이 올 때까지만 하고 나머지는 아침에 와서 하는 수밖에…

하…. 저 자식… 일단

뭐 가도 되면 갈게

아…안 돼.
그럼
안 무섭
잖아….

있잖아.
여기 하트
그려도 돼?

치—.
치사해.

근데

작년에 여기
남아 있던
애들이 있다고
들었으니까
괜찮아 ♪

괜찮다니까.
세토는 진짜
걱정이 많아.

진짜
이런 데서
작업해도
…

괜찮을까?

아….

근데

처덕
처덕

우리
커플이잖아?

뭐? 무슨
재미없는
소리야.

아아. 여긴
시골이라
이 시기엔

별이 꽤
보이지….

암튼─
실은 오늘
돌아가는 길에
세토랑 내일에
대해서
이야기하고
싶었는데
말이야.

모처럼
축제기도
하고,
즐기고
싶잖아?

응?
그런데
왜 나랑
…?

왜냐니…

사
락…

어?!
잠깐!

있잖아.
세토.

앗.

털썩

덥석

뒹굴~ ♡

세토. 역시
잊었구나?

아…
안죠?!

갑자기
무슨…

어?!
뭐…
뭘…?

회의 같은 거보다
이러고 있는 게

아…

미…
미안.
깜빡
했어…

뭐.
바빴으니
할 수
없지.

오늘 마지막
회의하기로
했었잖아?

베스트
커플 대회
회의
말이야.

그러
니까

그야—

웅?

그래도
결과적으로는
잘됐지만.

아.

짓궂음 36 / END

Short comic 고체 향수

아무도 안 입어 줬네….

아

:다바

날로그 쌰

이유가 뭘까….

난 그저 순수하게 꽉

내가 만든 의상에 꼭 맞게 감싸인 여자애들을 보고 싶었던 것뿐인데 말이야….

뭐?! 같이 하는 거 아니었어?!

이… 일단 나는 이만 갈 테니까

홍보 부탁해. 이누야!

…스트 …플 대회 …비가 …어….

불순해!!

뭐?! …아니거든 …!

뭘?!

나한테 감사해 세토!

쳇. 어차피 안쪽만 노닥거리는 것뿐이잖아. 배신자 자식!!

…깼든 홍보 …탁한다?!

짓궂음 37 / END

아.

자.

아...
아니.
괜찮아.
식욕이
없어서….

먹을
거지?

뭐긴.
아까 산
타코야키!

간장마요
맛이야

아…
안죠….
뭐야?

...

그래?
맛있는데
—.

후ㅡ

후ㅡ

베스트 커플 경

대기

베스트
출연자
집합장

와——!

대박

지금부터
축제 핵심
기획!

반 대항 베스트
커플 대회를
시작합니다!!

덜덜
아 덜덜
덜덜

덜덜
덜덜
덜덜

역시
인싸들….

어쩌지….
근데 다들
너무 평온
하잖아?!

어어어…
어쩌지….
기어코 왔구나,
이 시간이….

일…일단
순서만이라도
복습해두자….

덜덜

슉

짓궂음 38 / END

성연 대회

아?

결혼식에서
신랑이
뱀파이어가
돼버렸다는
설정♪

영화 같고
자극적이지
않아?

아…?

비책이
있다고
했잖아?

나름
열심히
생각한
거야!

그게
뭐야?!

무슨 소리야?!

그리고

마지막은 둘 다
뱀파이어가 돼서
해피엔드로.

뭐?

움찔

상장

심사위원특별상

귀하는 베스트 커플 경연 대회에
출전해 훌륭히 심사위원특별상을
...상하였습니다.
...연예를 기림과 동시에

아아.

대상은
못 탔네.
—특별상이라—

아무튼—
원래는 세토의
매력 독점할
생각이었는데
말이야.
소음내버렸어—

엇.

근데 안죠…

그…
그래?

마지막
노래 반응
좋았는데
말이야!

AICHI
아아치이이

이현 노래가
있었나?

뭐야
이 노래

뭐.

그래도

목이라고는 해도
키…키스해놓고
아무렇지도 않아…?!

짓궂은 안 죠 양

아하하.

뭐어?!
뭐가
나 때문
인데?

촌스러워?
아니 안죠
때문이잖아?!

목에
반창고라니.
촌스러워.
세토~

그…
그건…

달그락

달그락

아!

그건
…

그…

뭐가?

응?

저… 저기.

2-2

마침 다들 정리하느라 없고. 안 부끄럽잖아?

이러는 게 더 칠하기 쉬워.

너무 가까운 거 아냐…?

응?!

그… 그런 게 있었나…

이럴 때 가릴 수 있어서 편해.

이거 컨실러라는 건데.

화 륵

어허. 움직이지 마.

다시 말해 안죠는 그럴 때가 있어서 이걸 갖고 있는 건가?!

으아아…

안나. 땡땡이 치기야?

밖에 정리 하는 거 도와줘.

아·· 아니··

그건··· 그러니까···

독점욕의 증거···?

미안. 지금 갈게—.

움찔

이... 이누야마... 언제부터 거기...

피이익

이봐. 형제. 나는 이번 축제 때 실내 장식하랴 의상 만들랴 무진 애썼어.

형제?

그러니까

쿵

그래서 이미 피로가 한계 지점이야.

계속 있었어. 왜냐면 지금은 축제 뒷정리 중이거든.

마사지 좀 해줘라.

왜애?!

뭐?!

안죠랑 딥키스해놓고 말대답 하지 마.

?!
형제 아니었어?!

닥쳐. 애송아!!

아마추어가 옷 위로도 혈자리가 보이는 거냐?

벗어도 안 보여.

아니... 근데 왜 벗는데.

그럼 침대에서 쉬었다가 가.

무릎을 90도로 구부리면 복근이 이완돼서 편해질 거야.

양호실

그나저나 오랜만이네.

세토가 복통으로 양호실 오는 거.

드르륵

가… 감사합니다. 코마키 선생님…

그건 그렇고 세토가 연애 문제로 고민하는 날이 올 줄은 몰랐네.

연?!

지금 세토한테 안죠보다 더한 스트레스는 없잖아?

세토의 복통은 스트레스가 원인이니까.

왜…왜 한정 지으시는 데요?

푸흡

안죠 때문에 무슨 고민이라도 있어?

자…자…
자장면!

붕어빵
30분 대기

면제자.

자?!
자…
자랑!

낭자.

자?!
자…
자…

자장면!!

세토랑 같이 기다리면 지루하지 않겠다 싶어서

끌어들여 버렸어♪

끝말 잇기는 못 이기 니까.

손가락 씨름.

응?

저기. 이번엔 이거 하자!

괘… 괜찮아?

손을 잡아야 하는데…

욱…

호이 호이…

이제 그만 이런 걸로 부끄러워 하지 마.

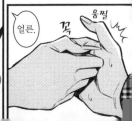

얼른.

꼭

움찔

바삭

아직 있으니까 괜찮아.

저…저기 먹어도 돼?

맛있어. 역시 이 집 붕어빵이 최고야.

어머니한테 드린다고….

이왕 기다렸는데 갓 구운 거 먹고 싶잖아?

으ー♡

세토. 이제 뭐 할래?

응? 붕어빵 샀으니까 돌아가는 거….

뭐?

무슨 소리야. 세토?

오물…

안죠 녀석… 무슨 생각인 거야…

근데….

두근

두근

두근

두근

…

이거… 먹어도 되나?

여어 의미로…

♪

그…그래도
남길 수도 없고!
그리고 붕어빵은 음식이고!
그래! 그냥 음식이야!
나는 음식을 먹는
당연한 행위를 하는 것뿐
결코 간접 키스 같은 거…

어?

누구?

응?

꼭

짓궂음 41 / END

?!

흐앙... 아앙...

움찔

아악! 미안!!

?

그야말로 「오마이」 「가앗」!! 뭐래니...

「엄마」가 어디 「가」셔서 그러는 거지?

울지 마... 앗.

그게 뭐야?! 괜찮아. 엄마 금방 오실 거야.

난 이제부터 거리에서 살아야 되는 거야...

빼애앵!!

빼애앵!!

...아

죄송해요...

엄마 놓치면 거리에서 살아야 된다고 했지?

못 살아...

정말. 어디 갔었어!!

수!!

가정교육!!

미안해요. 우리 애가...

아뇨

엄마!!

침울

그래.

182

이제
어디 갈래?

아…
음…
어쩌지….

음. 그럼 일단
돌아다녀볼까-.

…

뭐 해.
얼른
가자!

히융

달다….

빨랑
먹어

짓궂음 42 / END

To be continued ··································

Presented by Yuichi Katou 카토 유이치
Special thanks to
Assistant 미우라 쿄헤이
쿠로키 아아
Coloring work 오카다 쇼코

짓궂은 안죠양 ③

초판 1쇄 인쇄 2020년 1월 10일
초판 1쇄 발행 2020년 1월 15일

저자 : 카토 유이치
번역 : 김보미

펴낸이 : 이동섭
편집 : 이민규, 서찬웅, 탁승규
디자인 : 조세연, 김현승
영업 • 마케팅 : 송정환
e-BOOK : 홍인표, 김영빈, 유재학, 최정수
관리 : 이윤미

㈜에이케이커뮤니케이션즈
등록 1996년 7월 9일(제302-1996-00026호)
주소 : 04002 서울 마포구 동교로 17안길 28, 2층
TEL : 02-702-7963~5 FAX : 02-702-7988
http://www.amusementkorea.co.kr

ISBN 979-11-274-3025-2 07830
ISBN 979-11-274-2323-0 07830 (세트)

Yancha Gal no Anjousan vol.3
ⓒYUICHI KATOU 2019
All Rights reserved.
First published in Japan in 2019 by Shonengahosha Co., Ltd.
Korean version published by AK Communications, inc.
Under license from Shonengahosha Co., Ltd.